THE
REBEL

El Rebelde

By Carl Sommer
Illustrated By Enrique Vignolo

Advance
PUBLISHING, INC. • H O U S T O N
A division of Sommer Learning Group

El Rebelde

Permissions
Advance Publishing, Inc.
6950 Fulton St.
Houston, TX 77022

www.advancepublishing.com

First Edition
Printed in Malaysia

Library of Congress Cataloging-in-Publication Data

Sommer, Carl, 1930-
 [Rebel. Spanish & English]
 The rebel = El rebelde / by Carl Sommer ; illustrated by Enrique Vignolo.
-- 1st ed.
    p. cm. -- (Quest for success = En busqueda del exito)
 "An enhanced version of Spike the Rebel!"
 ISBN-13: 978-1-57537-231-0 (library binding : alk. paper)
 ISBN-10: 1-57537-231-2 (library binding : alk. paper) [1. Behavior--Fiction. 2. Conduct of life--Fiction. 3. Bullies--Fiction. 4.
Spanish language materials--Bilingual.] I. Vignolo, Enrique, 1961- ill. II.
Sommer, Carl, 1930- Spike the rebel! III. Title. IV. Title: Rebelde.

  PZ73.S65558 2009
  [Fic]--dc22
                           2008048932

Contents

En Búsqueda del Éxito

Novelas Gráficas para Aventuras Emocionantes y Descubrimiento

Quest for Success

Graphic Novels for Exciting Adventure and Discovery

1. El Pendenciero

Cuando un niño se mudó al lado de la casa de Debbie, ella se acercó y educadamente se presentó: "¡Hola! Me llamo Debbie. ¿Y tú?"

Púa, cuyo verdadero nombre era Philip, infló su pecho y gruñó:

"Yo soy Púa el rebelde, ¡el pendenciero!"

"Bien", susurró Debbie.

Mientras Debbie se alejaba en su bicicleta, se preguntó a sí misma: "¿Por qué será tan gruñón?"

1. The Troublemaker

When a boy moved in next door to Debbie, she went right up to him and politely introduced herself. "Hi! My name is Debbie. What's yours?"

Spike, whose real name was Philip, stuck out his chest and growled, "I'm Spike, the rebel, the troublemaker!"

"Okay," whispered Debbie.

As Debbie rode away on her bike, she asked herself, "What makes him so grouchy?"

Púa no sólo era gruñón, también era malvado. Deseaba que todos los niños del barrio le temieran. Pero una niña, Mary, no le temía a Púa siquiera un poquito. Ella tenía un hermano mayor y sabía que eventualmente la protegería.

Un día, luego de perseguir a un grupo de niños, Púa le dijo a Mary: "Me encanta hacer que los niños se metan en problemas".

La Confrontación

Mary le apuntó a la cara con su dedo y le dijo: "¡Ese no es modo de comportarse! ¡Eres un malvado!"

Spike wasn't just grouchy, he was also mean. He wanted all the neighborhood kids to be afraid of him. It made him feel strong and powerful. But one girl, Mary, wasn't the least bit afraid of Spike. She had an older brother who she knew would protect her.

One day after he had chased off a group of kids, Spike said to Mary, "I love getting kids into trouble."

The Confrontation

Mary shook her finger in Spike's face and said, "That's no way to act. You're mean!"

9

"Me encanta ser malvado", respondió Púa rápidamente. "¿Por qué no habría de ser malvado? Soy el niño más rudo de por aquí. Además, ¡la única persona que me importa, soy YO!"

"Más vale que te cuides", le advirtió Mary. Lo señaló nuevamente con el dedo. "Tal vez creas que ser malvado es divertido, pero algún día tu perversidad se te volverá en contra. Te lo advierto".

"Eso es lo que tú crees", dijo Púa mientras inflaba su pecho. "Yo no le tengo miedo a *nada* ni a *nadie*. Soy fuerte. Y *siempre* puedo cuidarme muy bien".

"I love to be mean," Spike snapped back. "Why shouldn't I be mean? I'm the toughest kid around. Besides, the only one I care about is ME!"

"You'd better watch out," Mary said. She pointed her finger at him again. "You might think being mean is fun, but one day your meanness will come back to haunt you. I warn you."

"That's what you think," Spike said as he stuck out his chest. "I'm not afraid of *anything* or *anyone*. I'm strong. I can *always* take care of myself."

Luego Púa se alejó riendo. "¡Ja! ¡Ja! ¡Ja! Sólo mírame y ya verás".

En Casa

Los padres de Púa querían lo mejor para él. Pero siempre que intentaban enseñarle algo, él se enfurecía. "Yo sé lo que debo hacer", decía Púa. "Soy lo suficientemente grande como para tomar mis propias decisiones".

Púa no sólo era malvado, él también era orgulloso y egoísta. Siempre quería hacer las cosas a *su* modo, y no le importaba lo que alguien más pensara al respecto. Púa se negaba a cortarse el pelo porque creía que el pelo largo lo hacía verse rudo y malvado.

Then Spike rode away laughing. "Ha! Ha! Ha! Just watch me and see."

At Home

Spike's parents wanted the best for him. But whenever they tried to teach him, he always got mad. "I know what I should do," Spike would say. "I'm old enough to make my own decisions."

Spike was not only mean, but was also proud and selfish. He always wanted to do things *his* way, and he didn't care what anyone thought. Spike refused to get his hair cut because he believed long hair made him look tough and mean.

Aunque mamá le dijera constantemente que mantenga su habitación limpia y ordenada, él se negaba a hacer su cama y a guardar su ropa. A pesar de ser castigado por no escuchar, Púa— testarudamente—se negaba a cambiar.

Papá y Mamá intentaban enseñarle buenos modales:

No te estires sobre la mesa.

Di "por favor" si quieres algo.

No comas con los dedos, usa tu tenedor.

Come con la boca cerrada.

Tápate la boca al toser.

Di "gracias" cuando te hacen un regalo.

Pero a Púa no le importaba tener buenos modales. "Si tú no tienes buenos modales", le advirtió Papá, "la gente pensará que eres ordinario y bruto. Esto afectará todo tu futuro".

"No me importa lo que la gente piense de mí", Púa murmuró para sí mismo. "¿A quién le importa lo que la gente piense? ¡Lo único que me importa soy *YO*! Si soy feliz, ¡eso es todo lo que me importa!"

The Rebel

He refused to make his bed and put his clothes away, even though Mom constantly told him to keep his room clean and orderly. In spite of being punished for not listening, Spike stubbornly refused to change.

Dad and Mom tried to teach him proper manners:

Don't reach across the table.

Say "please" if you want something.

Eat with your fork, not with your fingers.

Chew with your mouth closed.

Cover your mouth when you cough.

Say "thank you" when you receive a gift.

But Spike didn't care about having proper manners. "If you don't have proper manners," Dad warned, "people will think you're crude and uneducated. This will affect your entire future."

"I don't care what people think of me," Spike mumbled to himself. "Who cares what other people think? The only thing I care about is *ME!* If I'm happy, that's all that matters to me!"

2. En la Escuela

Púa no sólo era malvado con los niños del barrio, sino que también era malvado en la escuela. Cuando actuaba malvadamente, se sentía importante.

En el autobús de la escuela, le encantaba molestar a las niñas que se sentaban frente a él. Las empujaba y les tironeaba el cabello. Cuando los niños más pequeños pasaban a su lado, a menudo estiraba la pierna para hacerlos tropezar. Cuando se caían, se reía diciendo: "¡No seas tan torpe! ¿Acaso no sabes caminar?"

2. At School

Not only was Spike mean with the neighborhood kids, but he was also mean at school. When he acted mean, he felt important.

On the school bus Spike loved to tease the girls sitting in front of him. He poked them and pulled their hair. When younger kids passed by him in the aisle, he often stuck out his foot to trip them. When they fell, he laughed saying, "Don't be so clumsy! Don't you know how to walk?"

Nadie quería sentarse a su lado, y a menudo él se sentaba solo en el autobús. Debido a sus trampas malvadas, el conductor del autobús tenía a menudo que informar su mala conducta. Pero a Púa no le importaba.

El Soplón

Púa siempre intentaba meter a otros niños en problemas. Era un soplón. Siempre que algo andaba mal en la clase, Púa contaba lo sucedido. No era para ayudar a su maestra o a la clase; él quería ver a los otros niños en problemas.

Un día, durante el recreo, Púa vio a un niño corriendo hacia él. Cuando el muchacho pasó justo delante suyo, Púa estiró la pierna. El niño se cayó y se lastimó el bordillo del mentón.

No one wanted to sit beside him, so he often sat alone on the bus. Because of his mean tricks, the bus driver often reported him for his bad behavior. But Spike didn't care.

The Tattletale

Spike always tried to get other kids into trouble. He was a tattletale. Whenever something went wrong in the class, Spike would report it. It was not to help his teacher or class; he wanted to see kids get into trouble.

One day during playtime Spike saw a boy running towards him. Just as the boy ran past, Spike stuck out his foot. The boy fell and hit his chin hard on the curb.

Púa lo miró y se rió diciendo: "¿Acaso no sabes correr? Necesitas ser más cuidadoso cuando corres por aquí".

El Desafío

Pero Mary había visto lo sucedido. Ella corrió hacia Púa, lo miró a los ojos y demandó: "¿Por qué eres tan malo? ¡Te vi hacer caer a ese niño!"

Spike looked at him and laughed saying, "Don't you know how to run? You need to be a lot more careful when running around here."

The Challenge

But Mary had seen what happened. She ran up to Spike, looked him in the eye, and demanded, "Why are you so mean? I saw you trip that boy!"

"Yo no lo hice caer", replicó Púa. "Es él que no sabe correr".

"¡Sí que lo hiciste caer!", insistió Mary.

"I didn't trip him," Spike snapped. "He doesn't know how to run."

"Yes, you did!" Mary insisted.

3. De Campamento

"La semana próxima tengo vacaciones", dijo Papá. "Vayamos de campamento".

"¡Es una idea genial!", exclamó Púa.

Todos los veranos, la familia de Púa cargaba su camioneta para salir de campamento. Para Púa, la época de salir a acampar en el bosque, era la mejor época del año.

Como Púa odiaba trabajar, cuando llegaba la hora de descargar y de armar la tienda, siempre desaparecía por un rato. Mientras el resto de la familia descargaba las cosas de la camioneta, él se dijo a sí mismo: "Voy al bosque a buscar leña".

3. Camping

"I'm getting a week off next week," Dad said. "Let's go camping."

"Great idea!" Spike exclaimed.

Every summer his family packed the van to go camping. It was the highlight of the year for Spike to go camping in the woods.

Since Spike hated to work, when it was time to unload the van and put up the tent, he'd always disappear for a while. As the family unpacked the van, he said to himself, "I'm going into the forest to look for firewood."

Después de asegurarse que todo estaba descargado y que la tienda estaba armada, Púa apareció con algunas ramas para el fuego.

"¿Dónde has estado?", preguntó Papá.

"Estuve buscando leña en el bosque".

"Púa", dijo Papá, "¿cuántas veces te lo tengo que decir? Cuando salimos a acampar, todos debemos ayudar a descargar la camioneta antes de hacer cualquier otra cosa. Además, en el bosque hay leña por todos lados. No había necesidad de pasar tanto tiempo buscando".

"Te digo que sí", insistió Púa, "donde yo buscaba, la leña era difícil de encontrar".

After making sure the van was unloaded and the tent was up, Spike appeared with a few twigs for the fire.

"Where have you been?" Dad wondered.

"I've been searching in the woods for firewood."

"Spike," Dad said, "how many times do I have to tell you? When we go camping, everyone helps to unpack the van before we do anything else. Besides, there's firewood everywhere in the forest. You didn't have to spend that much time searching."

"Yes, I did," insisted Spike. "It was hard finding wood where I looked."

El Rifle de Perdigones

Cuando Púa vio que un muchacho de un campamento cercano tenía un rifle de perdigones, se entusiasmó. Se acercó y le dijo: "Tienes un hermoso rifle de perdigones. ¿Lo puedo disparar?"

"Claro", dijo Billy.

"¿Podemos dispararlo ahora mismo?", preguntó Púa.

"Vamos".

Billy buscó una lata de soda vacía y se metieron en el bosque. Billy colocó la lata vacía sobre una roca. "Veamos quién le puede acertar a la lata", dijo Billy.

The BB Gun

When Spike saw a boy at a nearby campsite with a BB gun, he became excited. He walked over and said, "That's a nice BB gun you have. May I shoot it?"

"Sure," Billy said.

"Can we shoot the BB gun right now?" Spike asked.

"Let's go."

Billy picked up an empty soda can, and off they went into the woods. Billy placed the empty can on a rock. "Let's see who can hit the can," Billy said.

Billy le pasó el rifle de perdigones a Púa para que disparara primero. Ambos dispararon el rifle varias veces. Entonces Púa vio un pájaro en el árbol; giró rápidamente y le disparó, pero le erró.

"¡No le dispares a los pájaros!", le gritó Billy.

"¿De qué te estás quejando?", preguntó Púa. "No le pegué al pájaro".

"Ese es mi rifle de perdigones. ¡Y no te dejo usarlo para dispararles a los pájaros!"

Billy handed the BB gun to Spike so he could go first. They shot the BB gun a few times. Then Spike saw a bird in the tree. He quickly spun around and shot at the bird, but he missed.

"Hey!" Billy yelled. "Don't shoot at birds! We're not supposed to shoot at birds."

"What are you complaining about?" Spike asked. "I didn't hit the bird."

"That's my BB gun. I'm not letting you use it to shoot birds!"

"Sólo eres un mariquita. Además, no hay nadie que nos vea".

"A mí no me importa que alguien nos vea o no. ¡Yo no te dejo usar mi rifle de perdigones para dispararles a los pájaros!"

"You're just a big sissy. Besides, no one is around to see us."

"I don't care if anyone is around or not. I'm not letting you use my BB gun to shoot at birds!"

4. Navegando por los Rápidos

Al día siguiente Púa salió a caminar por el bosque. Cuando vio una canoa a la vera del río, miró alrededor para ver si había alguien. "¡Excelente!", exclamó.

"Tomaré esta canoa para dar un paseo por los rápidos. Siempre soñé con navegar por los rápidos en una canoa. Lo he visto en la televisión un montón de veces. ¡Ahora es mi turno! Debe ser divertidísimo".

Púa empujó la canoa al agua y comenzó a remar río abajo. "¡Esto es genial!", dijo.

4. Riding the Rapids

The next day Spike took a walk through the woods. When he saw a canoe on the riverbank, he looked to see if anyone was around. "Excellent!" he exclaimed. "I'll take this canoe for a ride down the rapids. I've always dreamed of shooting down rapids in a canoe. I've watched them do it lots of times on TV. Now it's my turn! It ought to be lots of fun."

Spike pushed the canoe into the water and began paddling down the river. "This is great!" he said.

Tras recorrer una corta distancia vio un águila volar hacia un nido. "¡Ohhh!", exclamó. "Ojalá tuviera el rifle de perdigones. Me podría hacer de una pluma de águila. Sería tan fácil dispararle a un águila volando hacia su nido".

Entonces, con un chasquido de dedos, dijo: "Ya sé lo que haré. Cuando regrese de este paseo en canoa, vigilaré cuando la familia de Billy se aleje. Luego, tomaré prestado su rifle de perdigones. Nadie sabrá que el rifle no está. Entonces lo usaré para dispararle al águila. Siempre quise conseguir una pluma de águila. Me dará mucha suerte".

After paddling a short distance he saw an eagle fly into a nest. "Ohhhh!" he exclaimed. "I wish I had that BB gun. I could get myself an eagle feather. It would be so easy to shoot an eagle flying into its nest."

Then he snapped his fingers and said, "I know what I'll do. When I get back from this canoe trip, I'll watch when Billy's family leaves. Then I'll borrow his BB gun. No one will know about the missing BB gun. Then I'll use it to shoot the eagle. I always wanted to get an eagle feather. It will give me lots of good luck."

Carteles para Debiluchos y Mariquitas

Mientras Púa pensaba acerca de obtener una pluma de águila, vio un cable colgado a través del río con un cartel que advertía no seguir avanzando. "¡Sí, seguro!", dijo Púa con un gesto de desprecio. "El río no puede ser tan malo. ¡Yo soy fuerte! No soy ningún debilucho que no puede remar contra la corriente en esta pequeña canoa. Ese cartel es para debiluchos y mariquitas. Además, me estoy divirtiendo demasiado navegando los rápidos río abajo, como para dar la vuelta ahora".

Sign for Weaklings and Sissies

As Spike thought about getting an eagle feather, he saw a cable stretched across the river with a sign warning him not to go any farther. "Yeah, right!" Spike sneered. "The river can't be that bad. I'm strong! I'm not some weakling that can't paddle this little canoe back against the current. That sign is for weaklings and sissies. Besides, I'm having too much fun going down the rapids to turn back now."

Púa levantó el cable y siguió bajando por el río. Poco tiempo después, vio otro cartel que decía: "¡DETÉNGASE! ¡CATARATA PELIGROSA! ¡NO SIGA AVANZANDO!"

"¡Sí, seguro!", alardeó Púa. "Otro cartel para asustar a los mariquitas. Yo puedo manejar esto fácilmente. ¡Yo soy fuerte!".

El río se angostó y la canoa iba cada vez más rápido. "¡Qué divertido!", gritaba Púa. "¡Esto es lo mejor! Estoy realmente contento de no haberles prestado atención a esos carteles".

De pronto, Púa escuchó un ruido extraño. "Esa debe ser la catarata", se dijo. "Más vale que empiece a remar de regreso".

Spike lifted the cable and coasted down the river. Soon after, he saw another sign, "STOP! DANGEROUS WATERFALL! DO NOT PROCEED ANY FARTHER!"

"Yeah, right!" Spike boasted. "Another sign to scare away the sissies. I can easily handle this. I'm strong!"

The river became narrower, and the canoe went faster and faster. "Whew-wee!" Spike yelled. "This is the best! I'm really glad I didn't pay attention to those signs."

Then Spike heard a strange sound. "That must be the waterfall," he said. "I'd better start paddling back."

Dio vuelta la canoa y empezó a remar contra la corriente. Remaba con todas sus fuerzas, pero la canoa seguía su marcha hacia la catarata. "Tengo que remar más fuerte", dijo.

Para remar de regreso, forzó cada uno de sus músculos, pero la canoa continuaba yéndose con la corriente. El miedo se apoderó de él. "¿Qué puedo hacer? No soy lo suficientemente fuerte como para remar sobre esta canoa en contra de la corriente".

Entonces gritó tan alto como pudo: "¡AUXILIO! ¡AUXILIO! ¡Me caigo en la catarata!"

He turned the canoe around and began paddling upstream. As he began paddling back, the canoe kept going towards the waterfall. "I've got to paddle much harder," he said.

He strained every muscle to paddle back, but the canoe kept drifting downstream. Fear gripped him. "What can I do? I'm not strong enough to paddle the canoe against the current."

Then he screamed as loud as he could, "HELP! HELP! I'm going over the waterfall!"

Enfrentando la Catarata

La catarata hacía tanto ruido, que nadie lo podía escuchar. "¡No puedo hacer nada!", gritaba Púa.

Se arrojó al fondo de la canoa y se tapó la cabeza con ambas manos. Púa y la canoa volaron por la catarata. La canoa se destrozó contra las rocas y Púa fue arrojado por el aire y aterrizó en aguas profundas.

Mientras volaba por el aire, gritó otra vez tan alto como pudo: "¡Auxilio! ¡Alguien ayúdeme!"

Over the Waterfall

The waterfall was so loud that no one could hear him. "I can't do anything!" Spike screamed.

He flung himself to the bottom of the canoe and put both hands over his head. Spike and the canoe went flying over the waterfall. The canoe smashed against the rocks. And Spike was thrown high into the air and landed in deep water.

As he flew through the air, he screamed again as loud as he could, "Help me! Somebody help me!"

Luego Púa golpeó con estrépito contra el agua y se hundió cada vez más profundo. Pensó que con seguridad se ahogaría. Luchó desesperadamente por alcanzar la superficie para tomar aire. "No puedo aguantar mi respiración mucho más", pensó. Justo cuando no pudo contener más su respiración, subió a la superficie.

"¡Estoy vivo!", gritó. "¡Estoy vivo!". Nadó hacia la orilla tan rápido como pudo. Al ver todas las rocas que había debajo de la catarata, no podía creer que no se hubiera lastimado.

Then Spike slammed into the water and sank deeper and deeper. He thought for sure he was going to drown. He struggled desperately to reach the surface for air. "I can't hold my breath much longer," he thought. Just when he couldn't hold his breath any longer, he popped up to the surface.

"I'm alive!" he shouted. "I'm alive!" He swam to shore as quickly as he could. When he saw all the rocks below the waterfall, he couldn't believe he hadn't been hurt.

Indestructible

Mientras Púa caminaba de regreso al campamento, comenzó a alardear: "¡Nada me puede detener! ¡Mírenme! *Caí* por la catarata y no me pasó nada. ¡*Soy* indestructible! ¡No le tengo miedo a *nada*!"

Luego Púa pensó acerca de las palabras de Mary—'¡Ja! ¡Ja! ¡Ja! Mejor que te cuides. Si piensas que ser malvado es divertido, un día tu perversidad se te volverá en contra'—, y rió.

"Mírenme. Caí por una catarata peligrosa y ni siquiera me hice un rasguño. Es justo como se lo dije. ¡Yo *siempre* me puedo cuidar solo!"

Indestructible

As Spike walked back to the campsite, he began to boast. "Nothing can stop me! Look at me! *I* went over the waterfall, and nothing happened to me. *I'm* indestructible! I'm not afraid of *anything*!"

Then Spike laughed when he thought about Mary's words. "Ha! Ha! Ha! You'd better watch out. If you think being mean is fun, one day you're meanness will come back to haunt you.

"Look at me. I went over a dangerous waterfall and didn't even get a scratch. It's just like I told her. I can *always* take care of myself!"

5. De Regreso al Campamento

La familia de Púa lo había estado buscando por todo el predio. Cuando él llegó al campamento, su madre fue a su encuentro: "¿Dónde has estado? Te hemos buscado por todos lados. ¿Y por qué estás todo mojado?"

"Estaba jugando con unos niños junto al lago", mintió Púa. "Me paré sobre una roca resbalosa y me caí al agua. No me lastimé".

"Qué bueno", dijo Mamá. "Estamos muy contentos de que hayas regresado".

5. Back at Camp

Spike's family had been looking all over the campground for him. When he reached the campsite, his mother met him. "Where have you been? We've been searching everywhere for you. And why are you all wet?"

"I was playing by the lake with some boys," lied Spike. "I stepped on a slippery rock and fell into the water. I didn't get hurt."

"Good," Mom said. "We're so glad you're back."

La Pluma de Águila

Al día siguiente Púa vio a Billy y a su familia salir de compras. "¡Bien!", exclamó. "Este es el momento perfecto para que pueda ir al río y conseguir una pluma de águila".

Púa miró cuidadosamente alrededor para asegurarse de que nadie lo estuviera viendo. Luego se deslizó dentro de la tienda y encontró el rifle de perdigones de Billy en una bolsa de lona.

Púa tomó el arma y caminó hacia el nido de águila. "Espero ver al águila. Ella tiene que regresar para alimentar a sus aguiluchos".

The Eagle Feather

The next day Spike saw Billy and his family leave to go shopping. "Good!" he exclaimed. "This is a perfect time for me to go to the river and get myself an eagle feather."

Spike looked around carefully to make sure no one was looking. Then he snuck into their tent and found Billy's BB gun in a duffle bag.

Spike picked up the gun and walked to the eagle's nest. "I hope I see that eagle. She has to come back to feed her babies."

Púa esperó pacientemente. "¡La veo!", exclamó.

Cuando el águila voló cerca de él, le apuntó cuidadosamente con el rifle de perdigones y jaló el gatillo. "¡Bang!"

El águila soltó un fuerte chillido y cayó al lago. "¡Excelente!", exclamó Púa. "¡Le acerté!"

Cuando Púa vio dos plumas de águila que flotaban hacia él, gritó: "¡Vaya que soy afortunado! ¡Hasta conseguí dos plumas de águila!"

Colocó las dos plumas en su bolsillo y dijo: "Estas plumas de águila me darán mucha buena suerte".

Spike patiently waited. "I see her!" he exclaimed.

When the eagle flew close, he carefully aimed the BB gun and pulled the trigger. "Bang!"

The eagle gave a loud screech and fell into the lake. "Excellent!" Spike exclaimed. "I got her!"

When Spike saw two eagle feathers float towards him, he shouted, "Am I ever lucky! I even got two eagle feathers!"

He put the two eagle feathers into his pocket and said, "These eagle feathers will give me lots of good luck."

El Guardabosque

Al día siguiente llegó un aviso del guardabosque, informando: "Se le ha disparado a un águila con un rifle de perdigones. "¿Alguien sabe quién posee un rifle de perdigones? Por favor infórmelo de inmediato a la oficina del guardabosque".

Cuando Púa se enteró de que el guardabosque estaba buscando el arma, se dijo a sí mismo: "Será mejor que me cuide. Si averiguan que yo maté al águila, estaré en un gran problema".

Púa esperó hasta que no hubiera nadie en el campamento de Billy. Entonces, colocó una de las plumas del águila dentro de la bolsa de lona, junto al rifle de Billy.

The Park Ranger

The next day a notice came from the park ranger stating: "An eagle was shot with a BB gun. Does anyone know of someone owning a BB gun? Please report it immediately to the park ranger's office."

When Spike heard the park ranger was looking for a BB gun, he said to himself, "I'd better watch out. If they find out I killed that eagle, I'll be in deep trouble."

Spike waited until no one was at Billy's campsite. Then he placed one of the eagle feathers with Billy's BB gun inside the duffle bag.

Después Púa fue con su papá y le dijo: "La familia del campamento vecino tiene un rifle de perdigones".

"Tenemos que avisarle al guardabosque", dijo Papá. "El informe decía que debíamos informar sobre cualquier persona que tuviera un rifle de perdigones".

"Yo he visto a Billy dispararle a los pájaros", mintió Púa. "Probablemente fue él quien mató a esa águila".

"Parece ser un niño bueno", dijo Papá. "No puedo creer que hiciera una cosa así".

"Créeme papá", dijo Púa. "Yo he visto a Billy dispararle a los pájaros".

Then Spike went to his dad and said, "The family at the next campsite owns a BB gun."

"We need to tell the park ranger," Dad said. "The notice said we should report anyone with a BB gun."

"I've seen Billy shoot at birds," lied Spike. "He probably shot that eagle."

"He seems like such a nice kid," Dad said. "I can't believe he would do such a thing."

"Believe me, Dad," Spike said. "I've seen Billy shoot at birds."

Cuando el guardabosque llegó al campamento de Billy, dijo: "Escuché que posees un rifle de perdigones. ¿Puedo verlo?"

"Claro", dijo Billy mientras iba a buscar la bolsa de lona. "Puede estar seguro que yo no le disparé al águila".

Cuando el guardabosque miró dentro de la bolsa de lona, vio una pluma de águila. La sacó y preguntó: "¿De dónde salió esta pluma de águila?"

Billy estaba conmocionado. "¿Es esa una pluma de águila? ¿Cómo llegó a mi bolsa de lona? Nunca antes la había visto".

When the park ranger came to Billy's campsite, he said, "I heard you have a BB gun. May I see it?"

"Sure," Billy said as he went to get the duffle bag. "You can be certain I didn't shoot that eagle."

When the ranger looked inside the duffle bag, he noticed an eagle feather. He pulled it out and asked, "Where did you get this eagle feather?"

Billy was shocked. "That's an eagle feather? How did it get into my duffle bag? I never saw it before."

"Esta pluma de águila está recién arrancada", dijo el guardabosque, "y tenemos un águila muerta en el parque que justamente fue matada por un rifle de perdigones".

"Ayer fui de compras con mi papá y mi mamá", dijo Billy, "y el resto del día estuve con mi papá. Además, yo jamás les disparo a los pájaros. Alguien debe haber tomado mi rifle de perdigones, y debe haber colocado la pluma de águila en mi bolsa de lona. ¡Yo jamás le dispararía a un águila!".

"This is a fresh eagle feather," the ranger said, "and we have a dead eagle in the park that was just killed by a BB gun."

"Yesterday I went shopping with my dad and mom," Billy said, "and for the rest of the day I was with my dad. Besides, I never shoot at birds. Someone must have borrowed my BB gun and placed that eagle feather in my duffle bag. I would never shoot an eagle!"

"Entonces debes vigilar mejor tu rifle", replicó el guardabosque. "Voy a presentar una denuncia en tu contra por el águila muerta".

"Podemos probar que ayer no estábamos aquí", dijo el papá de Billy. "Y yo sé que mi hijo dice siempre la verdad".

"Lo siento", dijo el guardabosque, "pero las pruebas apuntan hacia ti. Examinaremos el rifle en el laboratorio. Si eres inocente, retiraremos los cargos".

"Then you should take better care of your BB gun," the ranger replied. "I'm going to press charges against you because of the dead eagle."

"We can prove we weren't here yesterday," Billy's dad said. "And I know my son always tells the truth."

"I'm sorry," the ranger said, "but the evidence points to you. We'll examine the gun in the lab. If you're innocent, we'll drop the charges."

Llevaron el rifle de perdigones al laboratorio y encontraron que se trataba del mismo rifle que había sido utilizado para matar al águila. El padre de Billy tuvo que pagar una multa por el águila muerta.

They took the BB gun to the lab and found it was the same BB gun that had been used to kill the eagle. Billy's dad had to pay a fine for the dead eagle.

6. Provocando un Desastre

Cuando Púa volvió del campamento, se volvió aún más malo. Pensaba que ser duro y malo lo haría más feliz; pero no fue así.

Él pensaba constantemente en el modo de meter a los niños en problemas. Uno de sus trucos favoritos era colocar trampas en los senderos para bicicletas del parque. Un día cavó un pozo profundo y lo cubrió con cartones, tierra y hojas. "Me pregunto quién caerá en esta trampa", dijo Púa. "Será divertido ver caer a alguien".

Luego se escondió tras un árbol para ver qué ocurría.

6. Disaster Strikes

When Spike came home from camping, he became even meaner. He thought being tough and mean would make him happy. But it didn't.

He constantly thought of ways to get kids into trouble. One of his favorite tricks was to set traps on the park bike trails. One day he dug a deep hole and covered it with cardboard, dirt, and leaves. "I wonder who will fall into this trap," Spike said. "It will be fun to watch someone fall."

Then Spike hid behind a tree to see what would happen.

Debbie, fue la próxima persona que pasó andando en bicicleta por el sendero. Ella se cayó en el pozo, pasó por sobre el manubrio y se golpeó su cabeza fuertemente contra el suelo. Púa salió de atrás del árbol, riendo y diciendo: "¿Acaso no sabes andar en bicicleta Debbie? Si supieras hacerlo, no te caerías"

Debbie se agarró la cabeza y lloró. "¿Tú colocaste la trampa?"

"No-no", dijo Púa. "Yo no coloco trampas para bicicleta. El problema contigo es que no sabes andar en bicicleta". Luego, riendo, se alejó en su bicicleta.

Debbie happened to be the next person riding down the bike trail. She hit the hole, tumbled over the handle bars, and hit her head hard on the ground. Spike came out from behind the tree laughing and saying, "Don't you know how to ride your bike, Debbie? If you did, you wouldn't fall."

Debbie held her head and cried. "Did you plant that trap?"

"Nope," Spike said. "I don't plant bike traps. The problem with you is you don't know how to ride a bike." Then he rode away laughing.

En Su Propia Trampa

Púa armó muchas más trampas a lo largo de los senderos para bicicleta. Colocó tantas que olvidó dónde las había colocado. Un día, mientras andaba en su propia bicicleta, se dijo: "Está oscureciendo. Daré una vuelta más por un sendero donde pueda andar bien rápido. Luego me iré a casa".

Púa olvidó que había colocado una trampa sobre ese sendero. Mientras pedaleaba colina abajo, golpeó contra una piedra que había cubierto con hojas. Voló por el aire, se chocó contra una rama rota y se cortó su pierna. Cuando cayó al suelo, cayó con la pierna doblada y oyó el ruido de su pierna al quebrarse.

Trapped

Spike set many more traps along the bike trails. He planted so many that he forgot some of the locations. One day as he rode his bike in the park, he said, "It's getting dark. I'll take one more ride down the trail where I can go really fast. Then I'll go home."

Spike forgot he had placed a trap on that trail. As he raced down the hill, he hit a rock that he had covered with leaves. He went flying through the air, and crashed against a broken branch and cut his leg. When he hit the ground, he landed the wrong way on his leg. He felt something snap inside him.

"¡Ayyy!", gritó. Su pierna dolía más que cualquier dolor que haya sentido antes.

Intentó pararse, pero no pudo sostenerse sobre su pierna. "¡Ohhh!", lloró. "¡Estoy sangrando y me quebré la pierna! ¡No puedo pararme! ¡Estoy indefenso!"

Entonces, gritó tan alto como pudo: "¡Auxilio! ¡Alguien ayúdeme!"

Nadie respondió. Púa empezó a asustarse. Gritó una y otra vez, tan alto como pudo: "¡Auxilio! ¡Alguien ayúdeme!"

"Ouchhhh!" he screamed. His leg hurt worse that anything he had ever felt.

He tried to get up, but he couldn't put any weight on his hurt leg. "Ohhhhh!" he cried. "I'm bleeding and my leg is broken! I can't get up! I'm helpless!"

Then he yelled as loud as he could, "Help me! Somebody help me!"

No one answered. Spike became frightened. He screamed over and over again, as loud as he could, "Help me! Somebody help me!"

Como estaba oscureciendo, el parque estaba vacío. No había nadie para escucharlo. Púa comenzó a debilitarse cada vez más, pero siguió gritando tanto como pudo.

Debbie y Mary regresaban a casa en sus bicicletas cuando escucharon un sonido apagado que provenía del bosque. Mary apretó sus frenos. "¡Detente!", exclamó. "Creo que escucho a alguien".

"Alguien está pidiendo ayuda", dijo Debbie.

Mary frunció el ceño. "Ya sé quién es. Ese es Púa, el pendenciero. Siempre reconozco su odiosa voz".

Because it was getting dark, the park was empty. No one was there to hear him. Spike became weaker and weaker, but he kept yelling as much as he could.

Debbie and Mary were riding home on their bikes when they heard a faint sound coming from the park. Mary slammed on her brakes. "Stop!" she exclaimed. "I think I hear someone."

"Someone is yelling for help," Debbie said.

Mary frowned. "I know who that is. That's Spike the troublemaker. I can always tell his mean voice."

"Tenemos que ayudarlo", insistió Debbie.

Mary la miró y respondió: "Estás loca. ¡No ayudaría al tipo ni en un millón de años! Además, tú sabes cómo se rió cuando tú te caíste y te lastimaste".

"Aún cuando sea un matón odioso", argumentó Debbie, "deberíamos ayudarlo. Suena como si realmente estuviera lastimado y en un grave problema".

"Si quieres ayudar al matón odioso, puedes hacerlo", dijo Mary. "Yo ciertamente no lo haré. Lo tiene merecido por ser tan malvado. Tal vez aprenda una lección".

"We've got to help him," insisted Debbie.

Mary stared at her, "You're out of your mind. I wouldn't help that guy in a million years! He's a big, cruel bully! Besides, you know how he laughed at you when you fell and got hurt."

"Even if he is a big bully," Debbie argued, "we still should help him. He sounds like he's really hurt and in deep trouble."

"If you want to help that mean bully, you can," Mary said. "I certainly won't. It serves him right for being so mean. Maybe he'll learn a lesson."

"Lo voy a ayudar", dijo Debbie. "No puedo dar media vuelta e irme sabiendo que alguien necesita ayuda".

Remordimiento

Púa se debilitaba cada vez más por la pérdida de sangre y el dolor de su pierna rota. Comenzó entonces a pensar en todas las cosas malas que les había hecho a los demás. Ahora que estaba mal herido necesitaba desesperadamente que alguien lo ayudara.

Del dolor, las lágrimas le corrían por las mejillas. "He sido tan malvado y cruel", sollozó. "Pensé que siempre podría cuidarme a mí mismo, pero estaba equivocado. Ahora me doy cuenta lo apestoso que he sido. Quiero cambiar y hacerlo todo bien".

Luego, Púa comenzó a gritar otra vez: "¡Por favor! ¡Alguien ayúdeme!" Esta fue la primera vez que Púa decía "por favor" por su propia cuenta.

"I'm helping him," Debbie said. "I can't walk away when someone needs help."

Remorse

Spike became weaker and weaker from the loss of blood and the pain of his broken leg. He began to think of all the mean things he did to others. Now that he was badly hurt, he desperately needed someone to help him.

Tears flowed down his cheeks from the pain. "I've been mean and cruel," he sobbed. "I thought I could always take care of myself, but I was wrong. Now I realize how rotten I've been. I want to change and make everything right."

Then Spike started yelling again, "Please! Somebody help me!" This was the first time Spike said the word "please" of his own free will.

Mientras tanto, Debbie corrió a su casa. Entró empujando violentamente la puerta y exclamó: "Mamá, ¡en el parque hay alguien que pide auxilio a gritos! Creo que es Púa".

"Vayamos ya mismo", dijo la mamá.

Meanwhile, Debbie raced home. She burst through her front door and exclaimed, "Mom, someone in the park is screaming for help! I think it's Spike."

"Let's go right away," Mom said.

7. Rescatado

Debbie y su mamá corrieron hacia el parque. La voz de Púa era cada vez más débil, pero continuaba gritando: "¡Por favor! ¡Alguien ayúdeme!"

"Estoy llegando", le gritó Debbie mientras corría hacia él. "Soy yo, Debbie. Vengo a ayudarte".

"¡Oh no!" se lamentó Púa. "Debbie no. He sido tan malo con ella. Cuando me vea, dará media vuelta y se irá, igual que le hice yo".

Púa lloraba y rogaba: "¡Por favor, Debbie, ven y ayúdame!"

7. Rescued

Debbie and her mother rushed to the park. Spike's voice became weaker and weaker, but he continued calling, "Please! Somebody help me!"

"I'm coming," Debbie shouted as she ran towards him. "It's me, Debbie. I'm coming to help you."

"Oh no!" groaned Spike. "Not Debbie. I've been so mean to her. When she sees me, she'll turn around and leave, just like I did to her."

Spike cried out and begged, "Please, Debbie, come and help me!"

Cuando Debbie vio a Púa, corrió hacia él y le dijo: "Mi madre está viniendo para ayudarte".

"Gracias por venir", murmuró Púa mientras más lágrimas recorrían sus mejillas. "Lamento tanto haber sido tan malo contigo. Por favor, perdóname".

"Te perdono", le dijo Debbie mientras le acariciaba la cabeza. "Mi madre y yo hemos venido a ayudarte".

"¡Muchísimas gracias!"; Púa gimió de dolor antes de poder continuar. "No sabes lo contento que estoy de que hayas venido. *Realmente* agradezco tu ayuda. No creí que nadie pudiera escucharme".

Cuando llegó la madre de Debbie, rápidamente se dio cuenta que la pierna de Púa estaba fracturada y que estaba sangrando mucho. Tomó su celular inmediatamente y pidió ayuda.

When Debbie saw Spike, she ran to him and said, "My mother is coming to help you."

"Thank you for coming," whispered Spike as more tears flowed down his cheeks. "I'm so sorry for being mean to you. Please forgive me."

"I forgive you," Debbie said as she patted his head. "My mother and I have come to help you."

"Thank you so much!" Spike groaned in pain before he could continue. "You don't know how glad I am that you came. I *really* appreciate your help. I didn't think anyone could hear me."

When Debbie's mother arrived, she saw at once Spike's leg was broken and bleeding badly. She immediately took out her cell phone and called for help.

Los paramédicos llegaron velozmente. "Traigan la camilla", gritó uno de los ellos, "tiene una herida importante. Necesita ser llevado al hospital urgentemente".

Subieron a Púa a la camilla. Mientras lo llevaban a la ambulancia, Púa dijo: "Gracias Debbie, por salvarme la vida. Nunca olvidaré lo que hiciste".

Los paramédicos lo llevaron al hospital rápidamente. Mientras Púa estaba acostado en la cama, escuchó a un locutor de televisión decir: "A abrigarse todos. Un frío severo estará llegando esta noche".

The paramedics came quickly. "Get the stretcher," one of the paramedics yelled. "He's badly hurt. He needs to get to the hospital quickly."

They lifted Spike onto the stretcher. As they wheeled Spike into the ambulance, he said, "Thanks, Debbie, for saving my life. I'll never forget what you did."

The paramedics rushed him to the hospital. As Spike lay on his bed, he heard the TV announcer say, "Everyone button up. A severe cold front is moving in tonight."

En ese momento vino el doctor y le dijo al papá y a la mamá de Púa: "Si no hubiera sido por Debbie, Púa podría no haber resistido con vida. Estaba sangrando demasiado".

Púa tembló de la cabeza a los pies cuando escuchó las palabras del doctor. Recostado en la cama del hospital, Púa se dijo a sí mismo: "Estoy tan agradecido de que Debbie no guardara rencor para conmigo. Podría haber muerto."

Just then the doctor came in. He told Spike's dad and mom, "If it weren't for Debbie, Spike might not have made it out alive. His bleeding was quite severe."

Spike shook all over when he heard the doctor's words. "I'm so thankful Debbie didn't hold a grudge against me," Spike said to himself as he lay on his hospital bed. "I could have died."

No Me Llamen Púa

Al día siguiente, cuando Debbie y su madre vinieron a visitarlo, Púa dijo: "Gracias por ayudarme Debbie. Lo he pensado mucho. He sido muy tonto actuando en forma tan orgullosa y malvada. A partir de ahora voy a ser como tú, siendo amable y ayudando a los demás. Para demostrar que he cambiado, por favor ya no me llamen Púa; sólo díganme Philip".

"Era lo menos que podía hacer para ayudar a alguien en problemas", dijo Debbie.

Cuando Philip salió del hospital, inmediatamente se cortó el cabello. Ya no quería parecer rudo y malvado.

Una vez que su pierna mejoró se dijo: "Voy a tapar todas las trampas que puse. Y si veo piedras o ramas peligrosas en los senderos las quitaré, aunque no las haya puesto yo".

Don't Call Me Spike

The next day when Debbie and her mother came to visit him, Spike said, "Thank you, Debbie, for helping me. I've been doing a lot of thinking. I've been very foolish for being proud and mean. From now on I'm going to be more like you, being kind and helping others. To show I've changed, please don't call me Spike anymore. Just call me Philip."

"It was the least I could do to help someone in need," Debbie said.

When Philip came out of the hospital, he immediately got a haircut. He didn't want to look tough and mean anymore.

When his leg got better, he said, "I'm filling every

trap I've ever made. And if I see any stones or branches on the bike trails that are unsafe, even though I didn't put them there, I'm removing them also."

Cumpliendo con su palabra, Philip se convirtió en otro muchacho. Hizo todo lo que había prometido. Y además, se unió a Debbie para ayudar a los niños pobres del barrio.

Un día, Philip le confesó a Debbie: "Yo pensaba que siendo duro y malvado sería feliz, pero he descubierto que soy mucho, mucho más feliz teniendo amigos y ayudando a los demás".

True to his word, Philip became a changed young man. He did everything he had promised to do. In addition, he joined Debbie and began helping poor kids in the neighborhood.

One day Philip said to Debbie, "I thought being tough and mean was the way to happiness. But I've discovered I'm much, much happier having friends and helping others."

About the Author

Carl Sommer, a devoted educator and successful businessman, has a passion for equipping students with virtues and real-life skills to help them live a successful life and create a better world.

Sommer served in the U.S. Marine Corps and worked as a tool and diemaker, foreman, tool designer, and operations manager. He also was a New York City public high school teacher, an assistant dean of boys, and a substitute teacher at every grade level in 27 different schools. After an exhaustive ten-year study he wrote *Schools in Crisis: Training for Success or Failure?* This book is credited with influencing school reform in many states.

Following his passion, Sommer has authored books in many categories. His works include: the award-winning *Another Sommer-Time Story™* series of children's books and read-alongs that impart values and principles for success. He has authored technical books: *Non-Traditional Machining Handbook*, a 392-page book describing all of the non-traditional machining methods, and coauthored with his son, *Complete EDM Handbook*. He has also written reading programs for adults and children, and a complete practical mathematics series with workbooks with video from addition to trigonometry. (See our website for the latest information about these programs.)

Across the nation Sommer appeared on radio and television shows, including the nationally syndicated Oprah

Winfrey Show. He taught a Junior Achievement economics course at Prague University, Czech Republic, and served on the Texas State Board of Education Review Committee.

Sommer is the founder and president of Advance Publishing; Digital Cornerstone, a recording and video studio; and Reliable EDM, a precision machining company that specializes in electrical discharge machining. It's the largest company of its kind west of the Mississippi River (www.ReliableEDM.com). His two sons manage the EDM company which allows him to pursue his passion for writing. Another son manages his publishing and recording studios.

Sommer is happily married and has five children and 19 grandchildren. Sommer likes to read, and his hobbies are swimming and fishing. He exercises five times a week at home. Twice a week he does chin-ups on a bar between his kitchen and garage, and dips at his kitchen corner countertop. (He can do 40 full chin-ups at one time.) Three times a week he works out on a home gym, does push-ups, and leg raises; and five times a week he walks on a treadmill for 20 minutes. He's in excellent health and has no plans to retire.

From Sommer's varied experiences in the military, education, industry, and as an entrepreneur, he is producing many new products that promote virtues and practical-life skills to enable students to live successful lives. These products can be viewed at: www.advancepublishing.com.

Quest for Success Challenge
Learn virtues and real-life skills to live a successful life and create a better world.

Acerca del Autor

Carl Sommer, un devoto educador y exitoso hombre de negocios, tiene la pasión de equipar a los estudiantes con virtudes y aptitudes de la vida real, para ayudarlos a vivir una vida exitosa y crear un mundo mejor.

Sommer sirvió en el Cuerpo de Marina de los EE.UU. y trabajó como fabricante de herramientas y troqueles, capataz, diseñador de herramientas y gerente de operaciones. Él también fue maestro en la escuela pública secundaria de la Ciudad de Nueva York, asistente del decano de varones y maestro suplente de todos y cada uno de los grados en 27 escuelas diferentes. Luego de un estudio exhaustivo de diez años, él escribió Schools in Crisis: Training for Success or Failure? (Escuelas en Crisis: ¿Enseñanza para el Éxito o el Fracaso?) A este libro se le acredita influencia sobre reformas en la educación de muchos estados.

Siguiendo su pasión, Sommer cuenta con la autoría de libros en diversas categorías. Sus trabajos incluyen: la serie de libros infantiles y lecturas grabadas ganadora de premios, Another Sommer-Time Story™, que imparten valores y principios para el éxito. Él es autor de libros técnicos: Non-Traditional Machining Handbook (Manual de Mecanizado No Tradicional), un libro de 392 páginas que describe todos los métodos de mecanizado no tradicionales; conjuntamente con su hijo, es además co-autor del Complete EDM Handbook (Manual completo de EDM —electroerosión—). Él también ha escrito programas de lectura para adultos y niños y una completa serie práctica de matemáticas, con libros de ejercicios que incluyen videos con contenidos desde suma hasta trigonometría. (Vea nuestro sitio web para encontrar la información más actualizada acerca de estos programas).

Por toda la nación, Sommer ha aparecido en programas de radio y televisión, incluyendo el Oprah Winfrey Show transmitido por cadena nacional. Él enseñó un curso de economía de Junior Achievement en la Universidad de Praga, República Checa y sirvió al Panel del Estado de Texas del Comité de Revisión de la Educación.

Sommer es el fundador y presidente de Advance Publishing; Digital Cornerstone, un estudio de grabación y video; y Reliable EDM, una compañía de maquinaria de precisión que se especializa en mecanizado por descarga eléctrica. Es la compañía más grande de su tipo en el oeste del Río Misisipi (www. ReliableEDM.com). Sus dos hijos gestionan la compañía EDM, lo cual le permite satisfacer su pasión por escribir. Otro de sus hijos gestiona sus estudios de publicación y grabación.

Sommer está felizmente casado, tiene cinco hijos y 19 nietos. Él disfruta de la lectura y sus pasatiempos favoritos son la natación y la pesca. Sommer hace ejercicios en su casa, cinco veces por semana. Dos veces por semana hace ejercicios de flexión sobre una barra que se encuentra entre la cocina y el garaje, además de los ejercicios de fondo en el esquinero de la mesada de su cocina. (Puede hacer 40 ejercicios de flexión en una serie). Tres veces por semana él ejercita en el gimnasio de su casa, hace lagartijas y elevación de piernas; y cinco veces por semana camina con una rutina de 20 minutos. Cuenta con una salud excelente y no planea jubilarse.

A partir de las variadas experiencias de Sommer en los campos militar, educativo, industrial y como emprendedor, él ha producido muchos nuevos productos que promocionan virtudes y aptitudes prácticas de la vida real, para permitir a los estudiantes vivir vidas exitosas. Usted puede interiorizarse acerca de estos productos en: www.advancepublishing.com.

Desafío En Búsqueda del Éxito

Aprende virtudes y aptitudes de la vida real para vivir una vida exitosa y crear un mundo mejor.

Quest for Success
Writing Prompt Generator

1. Write a report on how *The Rebel* supports the author's passion for equipping students with virtues and real-life skills to help them live a successful life and create a better world.

2. Describe Mary and Debbie's different reactions when Spike broke his leg.

3. Write about the reasons that led Spike to change from being a bully to being a person helping poor kids in the neighborhood.

En Búsqueda del Éxito
Temas para Desarrollar

1. Escriba un informe mostrando cómo *El Rebelde* apoya a la pasión del autor por equipar a los estudiantes con virtudes y aptitudes de la vida real, para ayudarlos a vivir una vida exitosa y crear un mundo mejor.

2. Describa las diferentes reacciones de Mary y Debbie cuando Púa se rompió la pierna.

3. Escriba acerca de las razones que llevaron a Púa a cambiar de ser un matón a ser una persona solidaria con los niños pobres del barrio.

Quest for Success
Discussion Questions

1. Why did Spike like to get kids into trouble?

2. Why did Spike get mad when his parents tried to teach him?

3. Why did Spike disappear into the woods when his family arrived at their campsite?

4. Why did Spike proceed to take the canoe down the river even though the signs warned him not to go farther?

5. What role did Debbie play in causing Spike to change from being a bully to a person helping others?

En Búsqueda del Éxito
Preguntas para Disertar

1. ¿Por qué a Púa le gustaba meter a los niños en problemas?

2. ¿Por qué se enojó Púa cuando sus padres intentaban enseñarle?

3. ¿Por qué Púa desapareció en el bosque cuando su familia llegó al lugar de acampar?

4. ¿Por qué Púa avanzó con la canoa río abajo a pesar de los carteles que le advertían no continuar?

5. ¿Qué rol jugó Debbie en causar que Púa cambie de ser un matón a ser una persona solidaria?

STRAIGHT *TALK*
tough but compassionate

Free Online Videos

Straight talk is hard-hitting, fast-paced, provocative, and compassionate. Carl Sommer does not shy away from challenging issues as he offers from his vast experiences practical solutions to help students on their quest for success.

Sommer shares his insights on the dangers of drugs, alcohol, sex, and dating, and offers sound advice about friends, peer pressure, self-esteem, entering the job market, careers, entrepreneurship, the secrets of getting ahead, and much more.

To View Free Online Videos Go To:
www.AdvancePublishing.com

Under "Free Resources" click on "Straight Talk"

The rebel = El rebelde

Author: Sommer, Carl.
Reading Level: 3.6 MG
Point Value: 1.0
ACCELERATED READER QUIZ 127203